A mes enfants, à tous les cœurs d'enfants.

Œuvre déposée le 23/03/2022 auprès de e-dpo N° 000576817

Origines

Le silence du Cosmos était brisé par les cris d'un nouveau-né.

Frul régnait désormais seul sur tout le Cosmos. Il avait des cheveux blonds courts et des yeux bleus profonds presque noirs. Ses traits n'étaient pas durs malgré la minceur de ses joues. Il était très grand de taille et mince. Son nez, long et droit, traduisait sa détermination et son courage. Il n'était pas dénué de sentiments, mais la raison l'emportait toujours sur ceux-ci.

Il portait une tunique blanche lumineuse et une couronne de pierres noires. Sa peau était claire. Il avait des gestes sûrs et une voix grave et posée. Il rayonnait d'autorité. C'était un véritable monarque de l'espace.

Ce Dieu du Temps et des Etoiles, venait ainsi à peine de vaincre ses frères, le Dieu de la Force et du feu, et le Dieu de l'Esprit et de la Chance, lors d'une guerre interminable, lorsque lui fut annoncée la naissance de sa fille.

Le père ce cette fratrie était un Sentinelle. Il avait l'essence du Cosmos en lui. Ses enfants étaient sortis de ses mains par sa volonté créatrice. Il leur créa également trois épouses dotées chacune de pouvoirs différents. A son décès, alors qu'il se dissipait dans tout le cosmos, il laissa derrière lui trois Dieux régner sur les Univers.

Frul, premier né, n'avait pas souhaité détenir seul le pouvoir, mais ses frères enviaient et redoutaient sa puissance. S'emparer de ses pouvoirs et contrôler le Cosmos en maître absolu était leur désir profond.

Ses frères lui avaient donc déclaré la guerre. Mais ces deux ennemis ne s'allièrent pas contre lui, chacun, avide de pouvoir, voulant détenir seul le trône qu'ils se partageaient. Régner sur le Cosmos était pourtant incontestablement une responsabilité incommensurable : protéger, créer la vie sans intervenir sur son destin, assurer le maintien de l'espace-temps, fermer les brèches du Multivers afin d'éviter des guerres sans fin.

Pour gagner cette lutte fratricide, Frul s'appuya sur son épouse Maurn ainsi que Mograk, son Dragon Noir fait de Matière Sombre.

Maurn était une femme grande et fine, aux hanches développées et aux lèvres voluptueuses. Elle avait de longs cheveux noirs et bouclés retenus par une simple corde autour de sa tête. Elle portait une robe vert émeraude aux longues manches. En guise de ceinture, une deuxième corde nouée autour de sa taille faisait l'affaire. Au lieu d'une couronne, elle arborait les mêmes pierres noires que Frul aux oreilles et autour de son cou. Son regard profond complétait une allure mystérieuse et charismatique. Ses mots étaient doux, lents et mesurés, apportant sagesse et réconfort.

Mograk était un dragon que Frul avait créé en rassemblant la matière sombre du Cosmos. Frul le suivait partout, le protégeait, lui obéissait. Il pouvait se dissiper comme une brume, ou se rassembler en un corps solide. Il était féroce et pouvait dévorer tout ennemi.

Frul, grâce à Maurn et à Mograk, arriva donc à emprisonner l'un de ses frères dans une boucle temporelle, et à transformer l'autre en étoile. Il prit leurs pouvoirs sans les relâcher pour autant.

Seul à présent sur le trône du Cosmos, la puissance de la magie lui permettait de créer des Univers.

Cette magie se reflétait dans ces pierres appelées « pierres Nébuleuses ».

C'est à ce moment-là que naquit sa fille.

Mais Frul craignait pour le futur de son enfant, peu sûr encore de la stabilité de son royaume après la lutte fratricide, et redoutait l'apparition de nouveaux ennemis. Chaque nouvel Univers accueillait de nouveaux

Dieux, de nouveaux êtres magiques puisant leurs pouvoirs du Cosmos, et ses frères avaient peut-être une descendance cachée qui viendrait se venger.

Eviter les collisions des univers était un fardeau déjà très demandeur d'énergie, il réalisa qu'il ne pouvait pas se permettre la moindre faiblesse.

Or, se persuadant que sa femme et l'enfant seraient le plus grand moyen de l'atteindre voire de le battre, et donc la cible privilégiée de ses adversaires, il créa un nouvel univers entier. Il y accéléra le temps, puis décida d'y envoyer Maurn, Déesse de la Magie.

Il usa de ruse pour lui faire céder ses pierres Nébuleuses puis la faire suivre son dragon, et l'envoya sur une petite planète, la seule de son système solaire à abriter de la vie : la Terre. Il la priva du souvenir de lui-même et de leur fille afin qu'elle ne souffre pas.

Prévoyant, il cacha néanmoins l'une de ses propres pierres Nébuleuses profondément sous la terre de la petite planète. Cette pierre permettrait à Maurn d'étendre ses pouvoirs et de retrouver la mémoire si cela devenait un jour utile ou nécessaire.

Il demanda ensuite à Mograk de confier l'enfant à une famille, le plus loin possible de la mère, dans une autre galaxie. Il ne la priva pas de ses souvenirs, il la pensait trop jeune pour qu'elle puisse en avoir de toute façon. Elle grandirait sans savoir d'où elle venait, à l'abri. Il lui laissa en cadeau une parure issue des pierres de sa mère.

Mograk, comme à son habitude, obéit et disparut avec l'enfant.

L'enfance

Lorsque, sur la planète Junon située aux confins du nouvel Univers qu'avait créé Frul, un couple nouvellement marié ouvrit sa porte, il trouva sur son paillasson une jolie petite fille aux grands yeux d'un noir hypnotisant.

Elle gazouillait au milieu d'une étrange fumée toute aussi noire qui se dissipa, dévoilant alors posée sur l'enfant une simple lettre sur laquelle était écrit dans la langue que les époux parlaient : « Seule Saran peut supporter les pierres Nébuleuses ».

La femme, Fraine, tomba immédiatement sous le charme de l'enfant : « Qu'elle est jolie ! Elle est un cadeau des Dieux, dit-elle en la prenant dans ses bras, et, Toril, regarde ces pierres : cette enfant doit être spéciale. »

La parure de Saran était constituée d'un collier et d'un bracelet faits d'éclats d'étoiles, de poussière stellaire et de gaz enfermés dans des pierres sombres. Lorsqu'on les regardait, on voyait tantôt des reflets lumineux, tantôt de magnifiques couleurs bleutées, violacées voire roses au milieu d'un noir profond…

On aurait dit que l'enfant portait sur elle des morceaux de l'Univers.

La petite fut choyée les premières années de sa vie. Nul ne pouvait lui ôter les pierres Nébuleuses, les bijoux étaient trop lourds pour toute personne à soulever, et toucher directement les pierres au pire mettait en danger la vie de celui ou celle qui s'y risquait, au mieux faisait perdre la raison. Pourtant, la petite se déplaçait sans problème et ne semblait en souffrir aucune conséquence.

« Saran, viens ici ma chérie, sors un peu le nez de tes livres » lui disait souvent Fraine. « Saran, vient traire les vaches avec moi » ajoutait Toril.

Grandissant, elle était plutôt silencieuse, solitaire, mais toujours aimable et polie. Très rêveuse, elle gardait une certaine insouciance. Elle se savait adoptée mais ignorait, tout comme ses parents adoptifs, son origine.

« Maman, regarde ! Il y a un petit oiseau blessé dehors !

- Amène-le par ici, nous allons le soigner.

- Encore un animal à guérir ? S'enquit Toril qui passait par là.

- Oui papa. Tiens maman, prends-le, je vais lui préparer un petit nid où il pourra se reposer.

- Tu es gentille ma fille, tu t'occupes de tous les animaux que tu trouves, déclara Fraine.

- Et au moins, cette fois, ce n'est pas un serpent que tu nous ramènes ! » Rajouta Toril.

Saran ria au souvenir du serpent posé sur les genoux de sa mère. Fraine avait fait un bond en hurlant. Le serpent, qui ne bougeait plus, n'était en fait pas malade, mais simplement en pleine digestion…

Les jours passèrent et Saran était heureuse. Mais la sécheresse frappait durement le pays, leurs cultures avaient réduit de moitié et l'eau était devenu le bien le plus précieux.

Son père était souvent déjà parti lorsqu'elle se levait. Il était éleveur, et les temps étaient durs pour lui. Beaucoup d'animaux mourraient sous la chaleur ou le manque d'eau. Les pâturages étaient secs. Il rentrait le soir l'air inquiet et parlait peu. Fraine essayait de le rassurer, lui disait qu'il finirait bien par pleuvoir.

Un soir, Saran entendit depuis sa chambre une discussion :

« Tu ne peux pas nous laisser seules ! Disait Fraine à son mari.

- Le climat ici est trop aride. Il n'y a pas assez de récoltes pour nourrir le peuple, et les bêtes se meurent. Je m'en vais loin pour essayer de trouver un endroit plus prospère. Vous me rejoindrez plus tard, lorsque je serai bien installé. Et même, je viendrai vous chercher. Je te le promets. » Lui répondit-il.

Ainsi, son père adoptif quitta le pays dès le lendemain matin, car il offrait de moins en moins de subsistances. Il l'abandonnait avec sa mère. Lors, la charge de travail doubla pour Fraine. Elle partait tôt le matin s'occuper de leur champ, et laissait souvent Saran livrée à elle-même.

Fraine perdit à force de travail l'enfant qu'elle ignorait porter. Saran s'inquiétait pour sa mère qui s'épuisait à la tâche.

« Saran, je te laisse notre part des récoltes et je vais aller vendre le reste sur le marché. Je reviendrai dès que possible, annonça Fraine.

- Ne t'inquiète de rien maman, je vais aller m'occuper du champ et du troupeau de vaches. Je nous ramènerai du lait frais. Tu pourras te reposer dès ton retour.

- Merci ma chérie. Pense à couvrir ta tête par cette chaleur. »

Les pouvoirs

L'enfant devenait une jeune fille. Elle était intelligente et passait toujours beaucoup de son temps en extérieur, entourée d'animaux. Elle commençait à se souvenir un peu de Frul, son père, et avait l'image partielle de Maurn qui lui apparaissait de temps à autre. Ces images floues issues de sa mémoire provoquaient en elle un mélange de tristesse et d'espoir.

Ce fut ce jour-là, lorsqu'elle promit à Fraine d'aller s'occuper des champs et du troupeau, qu'elle découvrit ses pouvoirs. Après avoir donné de l'eau aux vaches et trait leur lait, sur le chemin du retour, elle décida de couper par les champs. Les blés étaient secs, l'herbe morte. Elle regardait lentement autour d'elle, cherchant des blés mûrs, à mesure qu'elle avançait.

Au contact de cette nature pourtant hostile, elle se sentit bizarre, d'une étrangeté bienveillante, heureuse. Lorsqu'elle baissa les yeux, elle vit l'herbe autour de ses pieds devenir verte, progressivement, au rythme de ses pas. Elle effleura de ses doigts le blé qui se mit à germer aussitôt…

Elle ramena la récolte et la posa à côté du lait. Lorsque Fraine rentra, elle fut réjouie : « Il a dû pleuvoir doucement la nuit. Tout n'est pas encore mort, j'avais raison d'espérer ! ». Saran sourit mais ne dit rien. Elle était contente, elle allait pouvoir sauver leurs cultures.

Un autre jour, elle se précipita pour ramasser un nouvel oiseau blessé tombé au sol. Elle le prit dans ses mains, et sentit son énergie aussitôt envelopper l'animal qui guérit instantanément et s'envola. Elle réalisa alors ce pouvoir de vie qu'elle contenait, mais continua d'en garder le secret, un certain temps.

Elle s'occupait de plus en plus des cultures et du troupeau, ramenant les céréales et le lait à Fraine, qui en vendait le surplus. Saran se demandait si le pouvoir venait des pierres, mais même lorsqu'elle les enlevait, elle arrivait toujours à rendre l'herbe verte et à guérir les animaux. Ce pouvoir était en elle.

Elle commença cependant à en découvrir les limites lorsque, vers ses 15 ans, elle ne put ranimer un lièvre mort depuis trop longtemps. Elle réalisa également qu'elle ne pouvait mentir ni faire de mal. Les mots ne passaient pas ses lèvres s'ils n'étaient pas sincères, et son pouvoir ne faisait que le bien. Afin de ne pas se trahir, il suffisait pour elle de se taire.

Elle se doutait néanmoins qu'elle ne pourrait pas garder le secret éternellement. Les champs environnants restaient secs. Elle partait de plus en plus tôt le matin pour essayer d'en faire le tour afin de les sauver également. Tout cela lui demandait de l'énergie et elle rentrait souvent épuisée, ce qui inquiétait Fraine.

« Repose-toi demain, Saran, je ferai ta part de travail, le marché peut attendre un jour.

- Non maman, je vais bien, je suis juste fatiguée. Je me suis promenée en rêvassant et j'ai fait un trop grand détour, c'est tout.

- Ma chérie, je suis là pour prendre soin de toi. Tu m'aides beaucoup, tu mérites un jour de repos. »

Fraine était une bonne mère pour Saran. Elle se posa néanmoins quelques questions lorsque la récolte le lendemain fut moins importante. Elle observait Saran et ses pierres, et se demandait qui les lui avait données. Les pierres lui permettaient-elle de changer l'aridité du sol ? Ou Saran avait-elle juste la main plus verte ?

Elle frôla le collier posé sur la table et sentit un malaise monter. Mais elle eut le temps de voir une image : un homme tenait en sa main toute une Galaxie. Elle en fit part à Saran lorsqu'elle retrouva ses esprits.

« Saran, je crois que ces pierres te disent qui tu es, d'où tu viens.

- Je le pense aussi. Lorsque je les porte, des souvenirs surgissent. Je vois le visage de mon père et celui de ma première mère. Mais ça ne dure pas longtemps.

- Saran, c'est un Dieu que j'ai vu…

- Peu importe. Quoi qu'il se soit passé, personne ne peut rien y changer. Et tu es ma mère, je reste auprès de toi.

- Ma fille, ton destin est plus grand que cette terre stérile. Il t'appellera bientôt, j'en suis certaine. »

La fin du secret

Les pierres étaient la clef qui mènerait Saran à sa famille d'origine, mais elle ne le savait pas encore. Elle devait pour l'instant se concentrer sur son village et ses pouvoirs afin d'apprendre à les contrôler. Ils ne cessaient de se développer.

Lors de sa vingtième année, Saran sauva l'une des femmes de son village d'une mort par hémorragie après un accouchement difficile.

L'oiseau blessé

Le bébé était déjà sain et sauf auprès de son père quand celui-ci l'appela à l'aide. Elle demanda à rester seule avec la femme quelques instants. La mère était pâle et faible. Elle posa simplement ses mains sur son ventre, et, sans appuyer, se concentra. La femme sentit toute la douleur s'en aller, reprit des couleurs. Les saignements avaient cessé. La jeune mère était hors de danger. Elle réussit à lui faire promettre de garder son secret car elle ne voulait pas effrayer tout le village ni inquiéter sa mère. La jeune mère acquiesça, reconnaissante.

Mais un événement brutal changea son histoire.

Plusieurs pays entiers manquaient maintenant de ressources naturelles. La pluie ne tombait plus. Le peuple se divisait, il était affamé et devenait amer et violent. Certains convoitaient la partie moins affectée, semblait-il, par la sécheresse : celle dans laquelle Saran vivait, et, grâce à ses pouvoirs encore limités, y protégeait la vie.

Ainsi, à l'aube de ses 25 ans, la guerre éclata. Les habitant des pays frontaliers de l'Est ainsi que les villes voisines s'allièrent. A l'Ouest, un bloc s'était formé et s'opposait au premier. Tous voulaient obtenir une petite zone : les dernières terres fertiles, le foyer de Saran. Les deux camps qui s'étaient formés s'affrontèrent sans relâche, le village se retrouvait piétiné, détruit, et les hommes et les femmes luttaient sans relâche.

Lors de la bataille finale des derniers combattants, Saran décida de mettre en sécurité sa mère dans un abri de fortune, une cabane en bois qu'utilisait autrefois son père lorsqu'il allait à la chasse, pendant qu'hommes et femmes de toutes part s'entretuaient. Elle rejoignit le champ de bataille.

Saran leur priait, leur hurlait d'arrêter, qu'elle pouvait les aider. Rien n'y fit. Poussés par leur rage et leur désespoir, ils ne pouvaient entendre raison. Ses champs de blé prenaient une effroyable teinte rouge. Ils étaient parsemés de corps sans vie. Les animaux, stressés, avaient fui.

Elle rejoignait sa mère lorsque le silence les surprit.

« C'est fini.

- Allons voir maman. Il y a peut-être des survivants cachés eux aussi, ou des blessés.

- Tu penses encore à les aider ? Ils ont tout détruit.

- Ils avaient faim et étaient désespérés. Mais crois-moi, je peux les aider.

- Allons-y alors. »

Elles sortirent et observèrent cette désolation sanguinolente. La jeune femme circula alors entre les cadavres. Elle pleurait silencieusement.

Elle finit par s'agenouiller, vidée de toute émotion, et, touchant la terre ensanglantée, se concentra et libéra son énergie qui se répandit comme les rayons du Soleil sur la plaine au matin. Les plaies se refermaient, le sang disparaissait. Les hommes et les femmes reprenaient vie doucement, se relevaient. Lorsque le dernier être fut sauvé, elle s'évanouit.

A son réveil, elle se trouvait dans sa maison, dans sa chambre, sur son lit. Sa mère se tenait debout auprès d'elle. Elle l'observait d'un regard doux et inquiet. Lorsqu'elle put parler, Fraine changea d'expression, elle devint soulagée et heureuse. Saran se souvint que la guerre était finie.

Elle observait sa mère si courageuse, si forte, au corps musclé par le travail des champs. Ses cheveux, devenus gris depuis la perte de son enfant à naître, tombaient sur ses épaules. Ses yeux verts étaient plein de douceur et elle sentait la vanille. Ses mains et son corps ne s'agitaient jamais en vain. Elle pensa qu'elle avait de la chance d'être autant aimée par cette femme, qui avait fait d'elle sa fille.

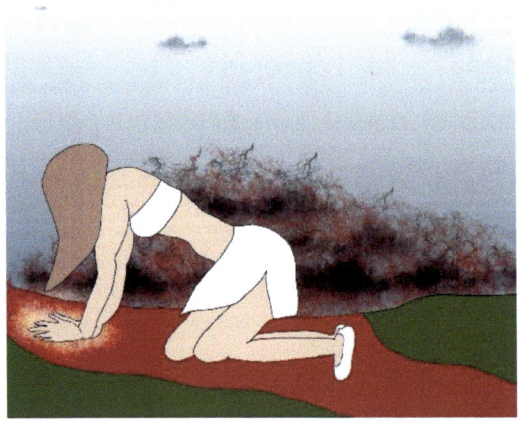

Fraine ne disait rien, mais, au bout de quelques secondes, la prit tendrement dans ses bras. Saran entendit à cet instant des murmures au-dehors. Le bruit s'accentua, et le grondement se fit net : « Saran ! Saran ! ». On scandait son nom.

Surprise, elle se leva et sortit. Arrivée sur le pas de sa maison, elle embrassa du regard les hommes et femmes qui s'affrontaient auparavant. Ils se tenaient devant elle et la fixaient. Ils se turent enfin. Puis, tous s'agenouillèrent.

Ainsi elle devint Saran, Reine, et Déesse de la vie.

Déesse de la Création

Saran était donc devenue la Reine de Junon et reconnue comme la Déesse de la Vie. Mais elle savait qu'il y avait plus que cela en elle. Elle continua donc de s'isoler régulièrement tout en assumant ses nouvelles responsabilités.

Le peuple l'aimait car, les pouvoirs de Saran devenant plus forts avec le temps, il n'avait plus à craindre la famine ni la maladie, et comprenait lorsqu'elle laissait partir les personnes âgées dont l'heure du départ sonnait. La mort faisait partie de la vie, la rendait précieuse et importante, permettait la paix, l'oubli parfois, et le pardon.

Elle soignait les blessures, assurait les récoltes, voyageait de ville en ville afin d'aider tout son peuple. Elle revit même Toril, un jour. Il avait l'air fatigué comme on peut l'être lorsque l'on a toute sa vie travaillé la terre et auprès des animaux, puis travaillé le bois et construit des maisons. Il était en effet devenu bâtisseur. Ses mains étaient pleines de cales, ses jambes larges de muscles, ainsi que ses bras. Ses cheveux couleur poivre et sel témoignaient de soucis passés.

Il la regarda un court instant puis baissa les yeux. Elle ne lui en voulait plus mais savait Fraine toujours peinée. Elle alla alors lui parler pour lui proposer de rentrer chez eux. Mais il ne revint pas avec elle auprès de sa mère. Celle-ci reçu la nouvelle avec dignité.

« Le passé appartient au passé. Je choisis d'avancer, et toi aussi, ma fille, tu dois avancer. »

Saran écouta ce conseil. Elle réalisa à force d'isolement et d'entraînement que son pouvoir n'était pas celui de la vie, il était au-delà : c'était celui de la Création. Elle pouvait en effet créer, en se concentrant, ce qu'elle imaginait, ce n'était alors pas une illusion ni une apparition éphémère, mais bien réel et définitif.

Telle une Nébuleuse donnant naissance aux étoiles, son esprit pourrait bientôt réaliser absolument tout ce qu'elle imaginerait.

Pour l'heure, elle pouvait déjà faire apparaître une maison pour ceux qui avaient perdu la leur après une tempête, un puits lorsqu'une source était trouvée, mais elle pouvait également faire surgir la source d'eau, faire apparaître des plantes, des nuages… Toute la planète en bénéficiait. Le climat redevint plus clément, et elle eut moins besoin d'intervenir pour sauver les récoltes.

Elle arrivait à créer toute sortes de choses. Elle offrit même à son peuple des abris de pierres en flanc de colline, et des souterrains. La guerre l'avait marquée, et elle tenait à ce que son peuple puisse être en sécurité quoiqu'il arrive. Cela la fatiguait mais à mesure qu'elle utilisait ses pouvoirs, elle apprenait à les contrôler sans s'affaiblir.

Les pierres continuaient de faire apparaître dans son esprit les visages de ses parents. Un matin, au cours de l'une de ses balades, elle eut une image nette du trône de son père. Situé au-dessus de tout, dans le cosmos, il tenait au creux de sa main la galaxie dans laquelle se situait sa planète. Elle vit ensuite Frul déchirer la matière et Mograk disparaître avec Maurn.

Elle essaya plusieurs fois de recréer ensuite cette brèche dans le Temps et l'Espace que son père avait ouverte lorsqu'il avait envoyé sa mère au loin. Elle put en faire quelques-unes. Elles étaient des portails lui permettant de se déplacer dans l'espace-temps. Mais où qu'elle aille, elle ne trouvait pas la trace de sa mère.

Elle saisissait dorénavant l'importance des pierres : elles assuraient une connexion entre les membres de sa famille. Elles permettaient de connaître l'entièreté du Cosmos et d'affirmer son rang. Les pierres étaient sa Couronne de Déesse. Grâce à celles-ci, ses pouvoirs s'intensifiaient et elles lui permettaient de se déplacer dans l'espace-temps.

Elle s'amusa souvent à utiliser ce pouvoir et découvrit de nouvelles planètes, de nouveaux peuples. Elle pouvait également remonter le temps sur Junon, mais n'arrivait pas à apparaître au moment précis où Mograk l'y avait déposée.

L'impuissance

Une année, le Dieu de la Destruction, Gramok, venant d'une autre Galaxie, livra une guerre à Frul. Saran n'en savait rien, mais son père, sans l'aide des pouvoirs de Maurn, gagna de justesse, sauvant l'Univers dans lequel elle vivait.

Cependant le prix à payer fut cher pour cette partie de Cosmos : une partie de toutes les âmes, humaines ou animales, fut détruite par le pouvoir de Gramok juste avant son trépas.

Gramok était un Dieu-Géant. Sa peau bleu-foncé était recouverte de vêtements noirs. Contrastant avec ces couleurs, son sceptre en or ne pouvait passer inaperçu. Alors qu'il était réfugié sur une planète et prenait le peuple de celle-ci en otage, il fut soudainement projeté dans l'Univers par Frul. Mais, avant d'être englouti par l'étoile la plus dense qui existait, Gramok tendit son sceptre et visa le Dieu ennemi. Frul évita le coup de justesse, mais les faisceaux libérés par Gramok se répandirent alors sur les galaxies alentour.

Ce moment-là fut horrible pour Saran.

Elle était en train de faire tomber de la neige pour amuser les enfants lorsque des cris retentirent. Des corps tombaient un à un autour d'elle. Elle eut beau essayer, elle ne put sauver cette partie de son peuple, y compris des enfants. Elle n'accepta pas cette impuissance, elle s'en voulut terriblement.

Ses cris de rage résonnèrent plusieurs jours durant.

Elle ne comprenait pas ce qui c'était passée. Sa mère lui conseilla de méditer en tenant les pierres. « Elles te montreront la vérité. »

Saran obéit à sa mère et resta deux jours et trois nuits sans manger, sans boire, ni parler. Elle restait assise sur l'herbe, sous la pluie, sous le soleil, sous le vent. Elle fit enfin le vide dans sa tête et se laissa guider par les pierres.

Elle vit alors brièvement ce qui avait causé toutes ces pertes. Elle eut du mal à retenir ses larmes de colère envers son père et de peine en repensant aux enfants, femmes, hommes, chevaux, troupeaux, et autres animaux morts à cause de l'imprudence de son père.

Elle ne supportait pas ce sentiment d'impuissance qu'elle avait en elle. La douleur du souvenir de ce jour resta marquée dans son cœur.

Cette douleur lui permit néanmoins de se remettre en question. Elle décida de se reconcentrer davantage sur ses pouvoirs et de les faire grandir afin d'être plus efficace dans la protection de son peuple. C'est ainsi qu'au bout de sept jours, elle pouvait désormais créer une sorte de bouclier invisible pour protéger les personnes autour d'elle.

Cette protection était physique. Elle ne pouvait protéger l'âme. En serrant ses pierres contre son cœur, l'image de sa mère réapparut.

« Mère, je sens que mon autre mère est la réponse à ma quête. Je sens de la magie dans mon souvenir. Elle aurait pu protéger notre peuple.

-Sais-tu où elle est ?

- Non, je n'arrive pas à la trouver.

- Alors, voilà ton destin qui t'appelle. Ma fille, pars retrouver ta première mère.

- Je ne veux pas te laisser, tu es ma mère bien davantage.

- Je serai toujours ta mère, et elle aussi. Tu ne m'abandonnes pas, tu pars rejoindre ton destin. Elle a toutes les réponses à toutes les questions que tu te poses. Tu dois la retrouver. Ne t'inquiète pas, tout ira bien pour moi. Je t'attendrai. »

Saran pleura à chaudes larmes, Fraine également. Elles se tinrent enlacées de longues minutes avant que Saran ne disparaisse dans une brèche.

Elle atterrit sur une planète sans vie. Elle en partit, déçue, et continua à se déplacer de brèche en brèche en espérant trouver la planète dans laquelle vivait sa mère.

Les Super-Héros

A force de se déplacer dans l'espace-temps, elle rencontra d'innombrables peuples. Elle parlait leur langue naturellement, sans comprendre comment cela était possible. Certains lui étaient hostiles et elle ne s'attardait pas.

D'autres étaient impressionnables et avaient besoin d'aide. Elle acceptait de bon cœur, puis repartait à sa quête.

Mais, une planète la retint plus longtemps que prévu. Le peuple était assez valeureux mais victime de criminalité issue de son peuple même, mais également venue d'autres. Cette planète, Vahandra, comptait, pour être défendue, sur ses Super-Héros.

Ces Super-héros étaient majoritairement vahandrains. Mais d'autres venaient de systèmes alentours. Ils avaient quelques pouvoirs ou simplement de bonnes armes.

Elle les rencontra alors qu'elle déployait son bouclier pour protéger des habitants des projections d'habitations lors d'un combat de ces Super-Héros contre des envahisseurs.

Le chef des Super-Héros, Doka, fut surpris et se présenta. Il portait un costume vert foncé rayé de noir par endroit. Il avait le pouvoir de se déplacer plus vite que les balles, et de pouvoir soulever jusqu'à dix mille fois son poids.

« Tu es nouvelle, toi. Merci de ton aide. Qui es-tu ? »

Elle lui expliqua alors d'où elle venait et qui elle cherchait. Doka ne pouvait l'aider à trouver sa mère, mais lui demanda de rester quelques temps afin de l'aider à protéger son peuple.

Elle accepta et il l'amena auprès de ses acolytes. Il y avait quatre femmes et trois hommes qui protégeaient cette planète.

Ils lui demandèrent ce qu'elle savait faire et elle leur fit une démonstration en s'éclipsant par une brèche pour réapparaître par une autre. Elle mit également ses mains sur l'épaule blessée de l'un d'entre eux, qui fut instantanément guéri.

« C'est bon, on te garde ! » Doka regarda son ami de l'espace qui venait de prononcer ces mots et fit un hochement de tête.

Cet ami de l'espace s'appelait Ravil. Il était blond et était un Dieu sur sa planète. Sa chair ne pouvait être transpercée alors qu'au contraire, rien ne pouvait résister à la lame de son épée. De plus, Ravil pouvait voler. Il portait un costume noir fait de cuir avec des bandes dorées sur les flancs. Sa cape, comme ses bottes, était assortie : dorée à l'extérieur et noire à l'intérieur. Il rangeait son épée dans un fourreau lui aussi vert et or, et fixé à la taille.

Les autres donnèrent également leur aval à ce recrutement express. Ils ne le regrettèrent pas, car Saran sut se rendre de suite utile : alors que des ennemis se rassemblaient et chargeaient dans leur direction, l'un des héros la fit léviter pendant qu'elle créait un bouclier de défense. Les autres repoussèrent les envahisseurs loin de la ville.

L'un de ses nouveaux compagnons n'avait pas de pouvoirs spéciaux, si ce n'est son intelligence, et lui disait ce dont il avait besoin. Elle le faisait immédiatement apparaître - que ce soit une montagne, un lac, un moteur ou un avion... Il s'appelait Joel et maîtrisait toutes sortes de gadgets. Il établissait tous les plans de défense des Héros et parlait plusieurs langues étrangères à sa planète. Ils s'amuseraient plus tard à communiquer dans une langue choisie que seuls eux pourraient comprendre.

« Saran ! Il me faut une source d'énergie maintenant, mon laser est trop gourmand ! » En une seconde, Saran faisait apparaître un éclair qui rechargeait l'arme de Joel. Il était ravi comme un enfant devant le sapin le matin de Noël.

Les combats prenaient place à la fois dans le ciel et sur le sol et faisaient de nombreux blessés partout. Alors, elle mettait son énergie à leur service pour les soigner, avant de leur construire des abris. Une femme avait une combinaison volante créée par Joel, qui, lui, préférait se battre au sol avec ses armes. Une autre maîtrisait toute sorte d'arts martiaux et pouvait communiquer avec les autres par télépathie.

Deux héroïnes étaient magiciennes. Saran permettait à ces dernières, par transfert d'énergie, d'augmenter considérablement leurs pouvoirs pendant un certain temps. L'une d'entre elles, Malice, avait des cheveux tombant jusqu'en bas des fesses, châtain et lisses. Elle faisait trembler la terre de ses mains et pouvait contrôler arbres, vent, orages, animaux. La deuxième, Patricia, avait des cheveux roux un peu plus courts noués dans des tresses et pouvait déplacer toute chose ou les figer. Toutes deux étaient capables de léviter et de voler. Elles étaient très puissantes. Saran appris qu'elles étaient également sœurs.

Après leur victoire, elle resta encore, car il semblait que cette planète ne cessait jamais d'avoir à se battre. Elle participait activement à sa défense. N'ayant pas de moyen d'attaque, elle veillait néanmoins à être la plus proche possible de l'action afin de pouvoir soigner ou rendre la vie à ses alliés - sachant qu'elle ne pouvait réanimer les morts une fois atteint l'heure suivant le trépas.

Ses alliés étaient un peu inquiets de cette attitude téméraire et sacrificielle, mais elle leur rappelait qu'elle avait toujours la possibilité de créer une brèche pour disparaître ou un bouclier pour se protéger.

Premier amour

Aider les habitants de Vahandra et leurs Super-Héros n'était en fait pas la seule motivation de Saran pour repousser son départ.

Elle tomba en effet passionnément amoureuse de Ravil. Son humour, son sens du devoir et de l'honneur ainsi que sa musculature impressionnante avaient chaviré le cœur de la jeune femme.

Ravil l'aima également tendrement. Ils eurent trois enfants : deux jumeaux, et, dix-huit mois plus tard, un dernier enfant. Saran et Ravil leur transmirent tout ou partie de leurs pouvoirs.

L'un des jumeaux, Solal, un garçon sensible et réfléchi, avait ainsi hérité de l'invincibilité de son père et du pouvoir de vie de sa mère. Il l'utilisait surtout sur sa sœur à laquelle il tenait infiniment, car elle se blessait parfois en s'entraînant avec leur père.

La jumelle, Star, intelligente et courageuse, avait des prédispositions à manier l'espace-temps. Elle imitait sa mère et commençait à créer des petites brèches. Son père lui donna une épée faite de la même matière que la sienne afin qu'elle puisse toujours se protéger.

Le petit dernier, Mage, quant à lui, pouvait faire apparaître tous les jouets qu'il désirait. Il était sûrement capable de créer bien d'autres choses, mais son intérêt se portait essentiellement sur le jeu. Il était également impossible de le transpercer. Ainsi, il n'avait jamais de coupure, et ce n'était pas un luxe tant il faisait preuve de témérité.

Solal, 4 ans

Tous les trois, comme leur père, pouvaient voler. Mais ils avaient cependant quelque chose de plus que leurs parents : un soupçon de magie naissant.

Les petits illusionnistes aimaient particulièrement ce pouvoir qui leur permettait de réaliser de nombreuses farces. Saran comprit qu'ils tenaient leur magie de leur grand-mère maternelle.

Aucun n'avait l'impossibilité de mentir, ce qui ne facilitait pas la tâche à leurs parents dans l'éducation de trois enfants facétieux aux pouvoirs magiques.

Avec le temps, et observant les pouvoirs des enfants se développer, Saran n'arriva plus à ignorer le sentiment d'urgence qui grondait en elle : elle devait retrouver sa mère. Elle saurait les guider et surtout lui dire d'où elle venait.

Ravil, lui, pensait à sa planète. Il faisait de nombreux aller-retour entre son peuple et les vahandrains. Les deux planètes faisaient partie de la même galaxie et il s'y déplaçait en volant ou grâce aux vaisseaux spatiaux développés par Joel.

Mage, trois ans

Ce que proposait Saran allait au-delà d'une simple absence : elle lui demandait de venir avec elle explorer tout le Cosmos, sans savoir où aller vraiment, ni combien de temps cela prendrait, en laissant ses amis s'occuper seuls de la protection de la galaxie. Il demanda du temps pour réfléchir et se rendit auprès de sa famille.

Un soir, alors qu'il revint de son Royaume, il lui annonça enfin sa décision. Il ne partirait pas. Il lui disait d'emmener les enfants avec elle afin qu'ils puissent bénéficier des enseignements magiques de leur grand-mère. Il la quittait pour qu'elle puisse accomplir son destin, insistait-il, tandis que lui resterait dans cet endroit de cet univers en tant que protecteur des deux planètes chères à son cœur.

Saran comprit qu'il ne changerait pas d'avis. La séparation fut froide et douloureuse mais rapide. Elle fit apparaître une brèche et revint aussitôt sur Junon avec ses enfants. Fraine l'accueillit avec joie. Les enfants explorèrent avec entrain cette planète, moins développée que Vahandra, et découvrirent son peuple.

Mais Saran, elle, avait perdu le sourire. Cette rupture avait un goût déjà connu d'abandon, voire de trahison, ce qui la plongea dans un profond désespoir. Elle avait perdu tout optimisme et toute confiance en les hommes. Elle en oubliait que sa demande était immense et n'acceptait pas la rupture.

Faine eut beau essayer de lui rappeler sa force et sa responsabilité vis-à-vis de ses enfants, lorsqu'elle regardait ceux-ci, elle ne voyait que l'abandon lâche de leur père, du sien, de Toril. L'histoire se répétait sans cesse.

Star, deux ans

De l'obscurité à la lumière

C'est à ce moment-là que disparut Saran pour laisser place à Zlostrakh. Cette personnalité furieuse et enfouie au fond d'elle venait de surgir. Les vêtements blancs de Saran devinrent aussi noirs que le charbon. Ses cheveux châtains tournèrent au gris foncé. Ses yeux noirs avaient des reflets violets. Elle devint une autre personne.

Ses pouvoirs s'étaient inversés lors de cette transformation, mais elle n'en avait aucune maîtrise. Elle pouvait ainsi malgré elle donner une mort instantanée à tout être vivant qu'elle touchait. Cette perte de contrôle coûta la vie à quelques arbres et animaux, l'enfonçant davantage dans les ténèbres.

Luttant pour refaire surface, ayant peur d'elle-même, triste, dévastée, n'osant être au contact d'humains, surtout de ses enfants, elle essaya en vain de se contenir. Mais finalement, n'ayant été au bout de sa peine, de sa peur et de sa colère, elle décida de laisser Zlostrakh libre et de s'en aller sur une planète qu'elle savait, grâce aux pierres devenues blanches, occupée par un Roi sanguinaire.

Asmara, la planète asservie, était déjà sous les flammes de son Tyran qui régnait par les armes, la peur et l'oppression. C'était un monstre de feu gigantesque, capable de projeter des pierres qu'il faisait apparaître. Il avait une queue dont il se servait pour écraser ses ennemis.

Le peuple était terrorisé, affaibli et ne comptait plus ses morts. La planète était parsemée d'incendies qui avaient détruit les dernières forêts.

Le Tyran, Gorl, n'entendait rien aux supplications. Il n'était que destruction et haine.

Il n'attendait que la fin d'Asmara pour continuer sa domination de planète en planète.

« Pars, disparaît maintenant, ou connais mon courroux ! »

Gorl rit, mais au fond de lui, il était surpris par cette apparition qui osait lui tenir tête et même lui donner des ordres.

La puissante Déesse des ténèbres face à l'horreur de la situation, qui lui rappelait tant de désastres et violences de son passé, laissa toute sa colère et sa douleur s'échapper de son être sous forme d'ombre noire meurtrière, et le terrassa.

Le Royaume était complètement en cendres. Mais Zlostrakh avait enfin disparu. Saran, redevenue alors elle-même, libéra alors le peuple

asmarain. Elle répandit son énergie de vie afin de soigner tous les blessés et sauver les arbres et créatures qui restaient.

Cette bataille qu'elle venait de mener seule lui en apprit davantage sur ses pouvoirs. Elle savait désormais que son principal ennemi était ce sombre alter-égo, né de ses émotions réprimées et de ses douleurs accumulées non exprimées.

Saran avait un pouvoir bienveillant, tenant à la vérité, à la vie et à l'empathie. Ce pouvoir se renforçait lorsqu'elle portait les pierres Nébuleuses. Ces pierres qui étaient la mémoire de sa vie, de celle de ses parents, et la carte du Cosmos.

Mais si elle allait trop profondément vers l'obscurité et blessait, tuait, anéantissait des vies innocentes, il n'y aurait alors plus de retour possible, elle resterait Zlostrakh, ce mélange de colère et de peur néfastes.

Elle se mit de suite et avec toute son énergie à rebâtir entièrement Asmara, dans toute sa splendeur : ponts de verre et d'acier, champs, pégases, forêts, dragons, sculptures, cours d'eau… Elle recréa tout.

Ses pierres à son cou et à son poignet étaient d'un éclat qu'elles n'avaient jamais eu jusqu'alors. Des Galaxies entières semblaient danser à l'intérieur de ces pierres sombres.

Elle alla alors chercher Fraine et ses enfants et les mit sur le trône.

Elle rendit la planète invisible au reste de l'univers afin de la protéger, et développa encore ses pouvoirs. Elle pouvait changer de couleur de yeux, de peau, changer d'accent ou de voix, et même léviter.

Sa création n'avait enfin plus de limite, des Nébuleuses à de nouvelles Galaxies, de trous de ver à de nouveaux Univers, rien ne lui était impossible…

La Déesse de la Création était libre, puissante, et avait fait renaître Asmara de ses cendres.

Elle partagea ses pierres entre chacun de ses enfants, et en garda une à son cou.

Alors qu'elle les prenait dans ses bras, le jour de ses 35 ans, elle se souvint enfin. Elle savait où et quand retrouver sa mère. Elle les regarda longuement, et sourit.

Elle ira la voir, mais reviendra à ses enfants, car si elle peut soigner n'importe quelle blessure du corps, elle ne sait que trop l'impossibilité de soigner la blessure du cœur lorsque l'on est abandonné.

Son destin l'avait menée sur cette planète. La quête de sa mère était en fait la quête d'elle-même. Elle s'était découverte, libérée de ses peurs, du mystère de son passé. Les pierres

Nébuleuses avaient en elle toute la mémoire de ses origines, de celles de son père et de sa mère. Elle savait tout.

Le sentiment d'urgence avait disparu.

« Ma fille, va la chercher. Elle doit avoir besoin de toi si elle n'a plus autant de magie qu'autrefois pour la protéger. Tu sais où il a caché la pierre. Tu sais où elle est. Elle, ne sait plus rien. Répare cette injustice.

- Oui, mère. Mais si je peux lire en les pierres, Frul le peut davantage encore. Il sait que je sais. Il sait que je vais la trouver. Il sait que j'arrive. Et je ne fais pas le poids contre lui.

- Rien ne dit qu'il sera ton ennemi. Mais, avec l'aide de ton autre mère, s'il le faut, elle et toi, vous le vaincrez. »

Ainsi Saran venait d'accomplir son destin de Déesse de la création, libératrice et protectrice des peuples, et devait maintenant repartir pour aller libérer sa mère et confronter son père.

Etape finale

Saran ouvrit la brèche et s'y engouffra. Elle posa le pied sur une planète avancée. Elle se trouvait dans une ville propre, les bâtiments construit symétriquement le long d'axes de promenades. Les navettes circulaient dans les airs.

Les passants la regardaient apeurés. Ils portaient tous de longues tuniques marronnes à capuches ! Tous les hommes étaient rasés de près au visage, aucun cheveu ne dépassait du chaperon des femmes.

Ils étaient étranges, calmes, paraissant inoffensifs, mais étranges. Elle réalisa pourquoi : ils marchaient tous du même pas, au même rythme, assez lent. Ils la fixaient en marchant jusqu'à ce qu'ils arrivent à sa hauteur, puis continuaient leur chemin. Chacun regardait devant lui, toujours, sans tourner la tête.

« Mais où ai-je atterri ? Que se passe-t-il ici ?

- Eh, psst ! Ne reste pas là, viens ! »

Saran aperçu un jeune homme qui lui faisait signe de la suivre. Elle s'exécuta.

« Qui es-tu ? Que se passe-t-il sur ta planète ?

- La Reine recherche la Magicienne. Elle pense qu'elle veut voler son pouvoir. Un à un, le peuple est passé en revue. On lui donne alors cette tunique marron unique, faite de cuir de dragon venant d'un autre pays.

- Pourquoi la magicienne voudrait prendre sa place ?

- Je ne sais pas. Maurn est très gentille, mais en se baladant du côté des montagnes, elle a commencé à dire qu'elle était la Reine absolue. Les paroles ont été rapportée au Palais et depuis elle est recherchée.

- Amène-moi à Maurn.

- Que lui veux-tu ?

- Elle est ma mère. Et oui, elle est Reine. »

Julian la guida par des passages secondaires jusqu'à sa maison. Puis, il souleva un grand tapis de salon. En-dessous, se trouvait une trappe et un escalier. Saran et Julian descendirent.

Maurn fut surprise. Elle était en train de faire les cent pas et de se demander si elle perdait la raison.

« Mère !

- Mais qui es-tu ?

- Maurn, je suis Saran, ta fille. »

Saran voulut prendre la main de sa mère qui eut un mouvement de recul, et, par la force de son esprit, projeta Saran contre le mur. Julian intervint et lui demanda d'écouter la jeune femme.

Saran regardait sa mère droit dans les yeux. Maurn fléchit, se radoucit. Elle avait l'impression de la reconnaître. Puis, elle baissa les yeux sur le collier que Saran portait. La pierre noire lui rappelait quelque chose. Elle s'approcha.

« C'est une pierre Nébuleuse. Nous devons aller vers les montagnes, celle qui renferme tes souvenirs y est enterrée. »

Maurn, Julian et Saran se mirent en route. Grâce à la magie de Maurn, ils semblaient revêtir les mêmes vêtements que les autres, même si ce n'était qu'une illusion. Saran ne voulait pas encore lui montrer l'étendue de ses pouvoirs et n'avait donc pas créé les tenues. Elle attendait que sa mère recouvre d'abord la mémoire.

Une fois arrivés, Saran se laissa guider par sa pierre.

« Elle est ici, sous ces roches. Enterrée très profondément, presqu'au centre de la planète. »

Alors, Maurn leva les bras, et la terre trembla. Puis, transperçant le sol, la pierre Nébuleuse sortit de sa cachette souterraine. Elle flotta et vint se poser dans la main de Maurn.

Celle-ci eut l'impression qu'on lui martelait la tête tant la douleur qu'elle ressentait était vivre. Mais elle se souvint. Elle se souvint de la guerre, de Frul, de Mograk… et de Saran.

Saran pleurait silencieusement en la regardant avec espoir. Maurn la prit dans ses bras. C'était sa fille, sa douce petite fille. Frul lui avait demandé de se rendre sur une nouvelle planète qu'il avait créée, en laissant les pierres auprès de lui, à l'abri, et de revenir ensuite lui faire un rapport. La planète était soi-disant un cadeau pour la Princesse.

Mais Mograk absorba une partie de sa magie et l'utilisa contre elle. En posant le pied sur le sol de la Terre, elle ne se souvenait plus de rien.

Julian l'avait trouvée et lui avait raconté l'arrivée au pouvoir de la Reine Marion. Elue démocratiquement, elle avait ensuite utilisé l'armée pour assurer son pouvoir. La technologie avait bénéficié de son règne et le pays ne ressemblait plus à ce qu'il était autrefois.

Mais la Reine n'avait aucune empathie. Ainsi, des maisons furent détruites, des gens expulsés, afin de réaliser ses visions. Puis, les étrangers furent tués ainsi que tous ceux qui n'avaient ni travail ni logement. Les naissances, l'éducation, le langage, les apparences, tout était contrôlé.

Saran respira fortement pour ne pas se laisser aller à la colère. Maurn comprit ce qu'elle redoutait :

« C'est moi qui par magie t'ai dotée de cet alter-égo. Tu es une Sentinelle, ainsi que ton père. Mais la lutte fratricide pour le pouvoir m'a fait réaliser que laisser ce dernier aux mains d'une seule personne est dangereux. Je t'ai dotée d'une double personnalité, et la deuxième est une arme plus puissante que tous les pouvoirs de ton père. »

Maurn retrouvant sa mémoire, tenant sa pierre, sentit ses pouvoirs lui revenir pleinement. Avec Saran, elles allèrent trouver la Reine Marion. Saran utilisa d'une main son pouvoir de création pour faire barrage aux gardes venant de leur droite, et de l'autre fit apparaître son bouclier de protection tandis que sa mère, ainsi abritée, lançait un sortilège qui figea la Reine à jamais.

« Saran, la magie est en toi également. Je la sens.

- Elle est dans mes enfants en tout cas. Nous avons besoin de toi pour maîtriser cette magie.

- Si tu le veux bien, Saran, j'aimerais d'abord aller voir ton père ! Julian, tu seras un meilleur Roi. Je te laisse la victoire, et cette statue en cadeau !

- Merci, Maurn. La statue n'est pas du meilleur goût mais sera bien gardée. Bonne chance, à toi aussi, Saran. »

Saran se concentra à la demande de sa mère. Elle lui dit de garder les yeux fermés et de se représenter le Cosmos. Elle ouvrit la brèche.

« Saran, être une Sentinelle, c'est pouvoir devenir si grande que les Galaxies dansent dans nos mains, pouvoir être partout à la fois tout en étant invisible. Souviens-toi, Saran. »

Lorsqu'elle ouvrit les yeux, elle se tenait dans l'Espace. Les Univers autour d'elle lui semblaient aussi petits que des billes d'enfant.

Maurn avait retrouvé sa longue robe verte aux longues manches. Ses cheveux noirs étaient à nouveau retenus par une corde autour de son visage. Et, face à elles deux, se tenait Frul.

« Je vous ai protégées de mes ennemis…

- Non ! Tu t'es protégé de nous, père !

- Tu sais par les pierres tout ce que j'ai affronté depuis que Mograk t'a emmenée !

- Je sais surtout qu'à trois nous aurions été plus forts et moins imprudents !

- Que voulez-vous maintenant ?

- Nous ne voulons rien, cher époux. A part te mettre en garde. Quoi que tu fasses, nous le saurons par les pierres. Je m'en vais avec Saran rejoindre ses enfants. Nous pouvons être une famille, loin de toi, te laissant garant du Cosmos jusqu'à ton départ où Saran prendra la relève... Ou nous pouvons être une armée. Et nous gagnerons la guerre, n'en doute pas. »

Frul ne protesta pas. Saran et Maurn rejoignirent les enfants et Fraine sur Asmara. Saran ouvrit une brèche et alla voir Ravil. Il vint rendre visite à ses enfants souvent grâce à la brèche qu'elle ne ferma pas et que Joel empruntait s'il avait besoin de l'aide de Ravil. Puis finalement, il resta.

Saran était devenue elle-même : une Sentinelle.

Remerciements : Je remercie chaleureusement mes enfants, fans des Comics, qui m'ont permis d'inventer cette histoire grâce à leur question préférée « Quels pouvoirs aimerais-tu avoir si tu étais une Super-Héroïne ? ». Ce livre en est la réponse. Je remercie les lecteurs qui ont fait le choix de découvrir l'univers de Saran et son évolution.

Loi n°49-956 du 16 juillet 1949 sur les publications destinées à la jeunesse, modifiée par la loi n°2011-525 du 17 mai 2011.

© 2022 Christel Ludeau-Barrière
Édition : BoD – Books on Demand, info@bod.fr
Impression : BoD – Books on Demand, In de Tarpen 42, Norderstedt (Allemagne)
Impression à la demande
ISBN : 978-2-3224-3810-5
Dépôt légal : Juillet 2022